KB067677

위로 없는 날들

프란츠 카프카 파편집

읻다

일러두기

1. 이 책은 Franz Kafka, *Die Zürauer Aphorismen*
   (Suhrkamp, 2006)을 저본으로 삼았다.

2. 옮긴이가 추가한 내용은 대괄호([ ])로 표기했다.

차례

1.

진정한 길이 이어지는 밧줄은 허공 높은 곳이 아니라, 땅바닥에 거의 닿을 듯한 곳에 매어져 있다. 마치 길이 되려 하기보다는 발목을 잡기 위해 만들어진 것처럼.

2.

인간의 모든 실수는 성급함, 방법론을 너무 일찍 포기하는 것, 가상의 물건을 가상으로 말뚝 박는 것.

3.

인간이 가진 두 가지 주된 죄악은 성급함과 게으름
이다. 다른 모든 죄악은 여기서 파생된다. 인간은
성급함 탓에 낙원에서 추방당했으며, 게으름 탓에
돌아가지 않는 것이다. 하지만 어쩌면 주된 죄악은
성급함 하나뿐인지도 모른다. 그들은 성급함 탓에
낙원에서 추방당했으며, 성급함 탓에 돌아가지 않
는다.

4.

세상을 떠난 이들의 그림자들은 주로 흘러오는 사자死者의 물결을 핥아대는 것에만 열중한다. 사자의 강물은 우리로부터 흘러오기에, 이곳 바다들의 짠맛을 간직하고 있기 때문이다. 그러면 강물은 역겨움에 몸을 뒤틀며 흐름을 뒤집고, 사자들을 물결과 함께 삶 속으로 되돌려 보낸다. 그러면 사자들은 행복에 겨워, 감사의 노래를 부르며 진노한 물결을 쓰다듬는 것이다.

5.

한번 지나면 더 이상 되돌아갈 수 없는 지점이 있다. 이 지점에 이르러야 한다.

6.

인류의 발전에 있어서 중대한 순간은 항상 지금이다. 그렇기에 과거의 모든 것이 무익하다 선언하는 혁명적인 정신의 움직임은 옳다. 실제로 아무 일도 일어난 바가 없기 때문이다.

7.

악을 유혹하는 가장 효과적인 수단 중의 하나는 결
투 신청이다. 이는 마치 여자들과의 싸움이 침대로
귀결되는 것과 같다.

8. 9.

악취를 풍기는 암캐. 군데군데 벌써 살이 썩어 들어
가는, 많은 새끼를 낳은 몸의 개. 그렇지만 어린 시
절에는 내 모든 것이었던, 충직하게 나를 계속 따라
다니는 개, 내가 때리고 싶은 마음을 억누르지 못하
는 개, 그 숨결마저도 피하고 싶어서 한 걸음씩 뒤
로 물러나게 되는, 내가 마음을 바꾸지 않는다면,
이미 눈앞에 다가온 저 담벼락 구석으로 나를 몰아
넣을 개, 그곳에서 나를 깔고 누워, 나와 함께 뼛속
까지, 마지막 살점 하나까지 썩어버릴 개. 이를 영
광으로 여겨야 하는가? 고름과 벌레로 가득한 그
혀를 내 손에 얹을 개.

10.

A는 선함에 있어서 상당한 발전을 이루었다고 여기고는 매우 우쭐해 있다. 그 자신이 점점 더 유혹적인 대상이 되어가기에, 지금껏 전혀 몰랐던 방향들로부터 오는 유혹에 대면하는 것이라고 느끼기 때문이다. 그러나 이에 대한 올바른 설명은, 큰 악마가 그 안에 자리를 잡았기 때문에, 수많은 작은 악마들이 주인을 섬기려 모여들고 있다는 것이다.

11. 12.

관점의 차이. 사과를 예로 들자면, 목을 뻗어야 겨
우 탁자 위에 놓인 사과를 볼 수 있는 소년의 관점
과, 사과를 마음대로 집어서 옆 사람에게 건네줄 수
있는 가장의 관점.

13.

막 피어나는 인식의 첫 번째 징후는 죽고 싶다는 소망이다. 이 삶은 견딜 수 없는 것처럼 보이고, 다른 삶은 도달할 수 없는 것처럼 보이는 것이다. 그러면 스스로 죽고 싶어 한다는 사실이 더 이상 부끄럽게 느껴지지 않는다. 증오하는 옛 감방에서 나를 꺼내어, 장차 증오하게 될 새로운 감방으로 옮겨달라고 애원하는 것이다. 이때 이송 중에 우연히 주인께서 문득 감옥 복도를 지나다 "이자는 다시 가두지 말라. 나와 함께 간다"라고 명하리라는 믿음의 찌꺼기도 함께 작용한다.

14.

네가 평지를 걷고 있다고 하자. 앞으로 나아가려는
의지가 충만한데도 자꾸 뒤로만 물러나게 된다면,
이는 분명 절망적인 일일 것이다. 하지만 네가 가파
른 언덕을 오르는 중이라면, 그리고 언덕이 아래에
서 바라본 너 자신만큼이나 가파르다면, 네가 뒤로
물러나는 것은 바닥의 성질 때문일 수도 있다. 그렇
다면 절망할 필요가 없다.

15.

마치 가을날의 길처럼, 깨끗하게 쓸어놓자마자 다
시금 낙엽들로 덮여버리는 길처럼.

16.

새를 찾아 나선 새장 하나가 있었다.

17.

이 장소에는 한 번도 와본 적이 없다. 숨마저도 다
르게 쉬어지고, 태양 옆에는 그보다 더 눈부신 별
하나가 빛나고 있다.

18.

만약 탑 꼭대기에 오르지 않고서도 바벨탑을 짓는
일이 가능했더라면, 신은 이를 허락했을 것이다.

19.

악惡 모르게 비밀을 간직할 수 있을 거라는 그의 말
을 믿지 말라.

20.

표범들이 신전에 침입하여 제기祭器에 담긴 술을 마셔버리는 일이 벌어진다. 이 사건은 여러 번 반복된다. 결국 예측이 가능해지고, 표범의 침입은 제의의 일부가 된다.

21.

마치 손이 돌멩이를 꽉 쥐듯이. 그러나 손이 돌멩이
를 쥐는 것은, 그만큼 멀리 던져버리기 위해서이다.
하지만 그 먼 곳으로도 길은 이어진다.

22.

너는 과제다. 어디에도 널 풀어줄 학생은 없다.

23.

진정한 적수에게서 너는 무한한 용기를 얻는다.

24.

지금 네가 서 있는 바닥이, 네 두 발이 차지하는 면
적보다 넓을 수는 없다. 이 행복의 의미를 깨닫는
것.

25.

세계로 도망치고 있을 때가 아니라면, 어떻게 세계
로 인해 기쁨을 느낄 수 있겠는가.

26.

은신처는 셀 수 없이 많지만, 구원은 하나뿐이다.
그러나 구원의 가능성은 다시 은신처만큼 셀 수 없
이 많다.

-

목적지는 하나지만, 길은 없다. 우리가 길이라고 부
르는 것은 망설임이다.

27.

우리에게 지워진 의무는 부정을 실행하는 것이다.
긍정은 이미 주어져 있기에.

28.

만약 당신이 악을 받아들이고 나면, 악은 더 이상
자신을 믿으라고 요구하지 않는다.

29.

악을 네 안에 받아들인 머리 한구석의 생각은, 너의
것이 아니라, 악의 것이다.

-

짐승은 주인의 채찍을 훔치고, 주인이 되기 위해서
스스로를 채찍질하지만, 이것이 환상이라는 사실,
주인의 채찍 끝에 매듭이 한 개 늘어난 탓에 생긴
환상임을 알지 못한다.

30.

선은 어떤 의미에서 위로가 없는 것이다.

31.

나는 스스로를 통제하려는 것이 아니다. 그것은 내 정신적 존재가 내뿜는 무한한 광선 중 어느 무작위적인 위치에서 영향력을 찾는 일이다. 그러기 위해 내 주위를 끝없이 공전하기보다는, 차라리 아무 일도 하지 않은 채 그 거대한 구조물을 경이롭게 바라보는 편을 택하겠다. 그렇게 정반대로, 그저 바라보면서 얻는 힘을 가지고 집으로 돌아가는 것이다.

32.

까마귀들의 주장은, 단 한 마리의 까마귀면 하늘을
부숴버릴 수 있다는 것이다. 이에는 의심할 여지가
없다. 그렇지만 이 주장은 하늘에 반하는 어떤 것도
증명하지 못한다. 하늘의 의미는 다름 아닌 '까마귀
의 불가능성'이기 때문이다.

33.

순교자들은 육신을 과소평가하는 것이 아니라, 육
신이 십자가 위에서 상승되도록 하는 것이다.

34.

그의 피로는 싸움을 마친 검투사의 피로였으며, 그의 일은 관공서 사무실 구석의 벽을 흰색으로 칠하는 일이었다.

35.

소유는 없으며, 존재만이 있다. 그저 마지막 호흡
을, 질식을 달라고 애원하는 존재만이 있다.

36.

예전의 나는 어째서 내 질문에 답이 주어지지 않는
지 이해하지 못했다, 반면 오늘날 나는, 어째서 예
전에 질문해도 된다고 믿었는지 이해하지 못한다.
하지만 예전의 나는 믿은 것이 아니라, 그저 질문했
을 뿐이다.

37.

'당신은 소유할는지는 몰라도, 존재하지는 않는다'
라는 주장을 들은 그는 답변 대신 몸서리를 치고 박
동이 빨라졌을 뿐이다.

38.

그가 영원의 길을 그토록 쉽게 가는 모습을 보고,
누군가는 깜짝 놀랐다. 그는 길을 거꾸로 내달리고
있었기 때문이다.

39a.

악에게 진 빚은 할부로 갚을 수 없다. 그런데도 사람들은 끊임없이 그러려고 시도한다.

-

알렉산더대왕은 그가 젊은 시절 이룩한 군사적 업적과, 그가 훈련시킨 탁월한 군대와, 내면에서 흘러넘치는 세계 변화를 향한 의지에도 불구하고, 헬레스폰토스 앞에 이르러 원정대를 멈추고, 결코 해협을 건너지 않았을 수도 있었을 것이다. 두려워서도 아니고, 결정을 내리지 못해서도 아니고, 나약한 의지 탓도 아니고, 단지 대지의 중력 때문에.*

* 알렉산더대왕은 헬레스폰토스 해협을 건너 소아시아로 진출했다.

39b.

길은 무한하여, 뺄 것도 없고, 더할 것도 없으나 누구나 자기만의 어린애 같은 잣대를 갖다 대어본다. "물론이지, 너는 여기 이만큼의 길도 가야 해. 잊지 못할 경험이 될 거야."

40.

단지 우리의 시간개념이 '최후의 심판'이라는 용어
를 만들어낸 것일 뿐, 사실 그것은 즉결심판이다.

41.

세계의 불균등함은 다행히도 그저 수학적인 것으로 보인다.

42.

역겨움과 증오로 가득 찬 머리를 가슴 위에 내려놓
는 일.

43.

지금 이 순간 사냥개들은 뜰 안에서 놀고 있지만,
제아무리 짐승이 벌써부터 숲속을 뛰어 달아나더
라도, 결코 개들로부터 도망칠 수 없다.

44.

너는 이 세계를 위해서 스스로를 우스꽝스럽게도
치장했구나.

45.

더 많은 말을 동원할수록, 더 빨라진다. 지반에 박
힌 바위를 뽑아내는 것이 아니라 (이는 불가능하
다) 고삐가 찢어지는 속도, 그리하여 시작되는 텅
비고 즐거운 질주.

46.

"존재sein"라는 말은 독일어에서 두 가지 뜻을 가진
다: 현존을 뜻하기도 하고, '그에게 속함'을 뜻하기
도 한다.*

---

* 현대 독일어에서는 잘 쓰이지 않지만, 간접목적어와 함께 쓰면
('그에게 있다es ist ihm') 존재 동사로 '소유'를 표현할 수 있다.

47.

그들에게는 왕이 되거나, 왕의 전령이 되는 것을 선택할 기회가 주어졌다. 어린아이들이 으레 그러듯이, 아이들 모두 전령이 되고자 했다. 그런 이유로 전령들만 잔뜩 세상을 헤집고 다니게 되었는데, 정작 왕은 한 명도 없기 때문에, 그들은 서로를 향해 무의미해진 전갈만을 큰 소리로 전할 뿐이다. 그들 역시 이런 불행한 삶을 끝내고 싶어 하지만, 의무를 행하겠다는 맹세 탓에 그러지 못하는 것이다.

48.

진보에 대한 믿음이란 곧 과거에 진보가 있었음을
불신하는 것이다. 즉, 믿음이라고 할 수 없다.

49.

A는 대가다. 하늘이 이를 보증한다.

50.

인간은 자신 안에 파괴 불가능한 무언가가 있다는
믿음 없이는 살아갈 수 없다. 그러나 파괴 불가능한
것과 그에 대한 믿음은 지속적으로 감추어져 있을
수도 있다. 이 감추어진 상태가 표출되는 방식 중의
하나가 바로 인격신에 대한 신앙이다.

51.

뱀이라는 매개자가 필요했던 이유. 악은 인간을 유혹할 수 있지만, 인간이 될 수는 없다.

52.

너와 세계의 결투에서 세계 편의 입회자가 되어라.

53.

타자를 기만해서는 안 된다. 무엇보다 세계를 기만
하여 그 승리를 빼앗아서는 안 된다.

54.

정신적 세계 외의 존재는 없다. 우리가 감각적 세계라고 부르는 것은 정신적 세계 안의 악이며, 우리가 악이라고 부르는 것은 우리의 영원한 발전 과정 중 한순간의 필연일 뿐이다.

-

가장 강렬한 빛이 있다면 세계를 와해시킬 수 있다. 하지만 나약한 자의 눈앞에서 세계는 단단해지며, 더욱 나약한 자의 눈앞에서는 폭력이 생기며, 더더욱 나약한 자의 눈앞에서는 수치심이 생기기에, 감히 자신을 바라보려는 자를 산산조각 내버린다.

55.

모든 것은 속임수다. 최소의 기만을 추구하거나, 평범한 기만에 머무르거나, 최대의 기만을 추구하거나의 차이일 뿐이다. 첫 번째 경우에는 선의 획득을 지나치게 쉽게 만듦으로써 선을 속이고, 악에게 지나치게 불리한 결투 조건을 부여함으로써 악을 속이는 것이다. 두 번째 경우에는 속세에서조차 선을 추구하지 않음으로써 선을 속이는 것이다. 세 번째 경우에는 선에게서 최대한 멀어짐으로써 선을 속이고, 악을 최대로 상승시킴으로써 그것을 무력화하려는 희망으로 악을 속이는 것이다. 이에 비추어본다면 두번째 경우를 선호해야 마땅하다. 어떻게하든 선은 항상 속일 수밖에 없지만, 적어도 표면적으로라도 악을 속이지 않는 선택이기 때문이다.

56.

결코 넘어설 수 없는 질문들이 있다. 우리가 선천적
으로 자유롭지 않았다면 극복하지 못할 질문들이.

57.

언어는 감각적 세계를 벗어난 모든 것에 대해서는
암시로만 사용될 수 있을 뿐, 비교로는 절대 사용될
수 없다. 언어는 감각 세계의 방식으로, 소유물 그
리고 소유물 간의 관계만을 다루기 때문이다.

58.

사람이 최대한 적게 거짓말을 하는 시간은, 그럴 수
있는 기회가 최대한 적은 시간이 아니라, 오로지 최
대한 적게 거짓말을 하는 시간뿐이다.

59.

수많은 발걸음으로 깊게 파이지 않은 계단은 실상
밋밋하게 짜맞추어 놓은 나무 덩어리에 지나지 않
는다.

60.

세상을 버린 자는 모든 인간을 사랑해야 한다. 그는 그들의 세상도 버렸기 때문이다. 그렇기에 그는 자신과 동등하기만 하다면 사랑하지 않을 수 없는, 인간의 진정한 본질을 예감하기 시작한다.

61.

세상 안에서 이웃을 사랑하는 자는, 세상 안에서
자기 자신을 사랑하는 자와 똑같이 부당한 일을 행
하는 것이다. 전자가 가능하냐의 문제만이 남을 것
이다.

62.

정신적 세계 외에는 아무것도 존재하지 않는다는
사실은, 우리의 희망을 앗아감과 동시에 확신을
준다.

63.

우리의 예술이란 진리에 눈이 머는 일이다. 빛에 눈 부셔 찌푸린 얼굴에 비친 빛만이 진리이며, 그 외의 진리는 없다.

64. 65.

낙원에서의 추방은 본질적으로 영원하다. 우리는 낙원에서 돌이킬 수 없이 추방되었고, 이 세계에서 살아가는 일을 피할 수 없다. 그러나 이 과정이 영원한 것이기에 우리는 계속해서 낙원에 머무를 수 있으며, 심지어 실제로 아직도 낙원에 잔류하는 것이다. 우리가 그 사실을 알든 모르든 상관없이 말이다.

66.

그는 자유로운 동시에 고정된 지상의 시민이다. 그가 매여 있는 사슬은 충분히 길어서, 지상의 모든 공간을 그에게 자유롭게 내어줄 수 있으나, 반대로 길이에 제한이 있어서, 어떤 것도 그를 지상의 경계 너머로 낚아챌 수 없도록 되어 있다. 그러나 마찬가지로 그는 자유로운 동시에 고정된 천상의 시민이다. 여기서도 그는 비슷한 방식으로 계산된 사슬에 매여 있기 때문이다. 그가 지상으로 내려가려 하면, 천상의 목줄이 그를 옭아매며, 그가 천상으로 오르고자 하면, 지상의 목줄이 그를 옭아맨다. 그럼에도 불구하고 그는 모든 가능성을 소유하고 또 느낀다. 심지어 이 모든 것의 근원을 최초의 사슬 착용 과정에서 일어난 오류라고 보는 것마저 거부한다.

67.

그는 마치 스케이트를 처음 타는 초보자처럼 사실
들을 쫓아가기에 급급하며, 이에 더해 금지된 장소
에서 연습을 하고 있다.

68.

가신家神을 믿는 것보다 즐거운 것이 또 있을까!

69.

이론적으로는 완벽한 행복에 이르는 가능성이 존
재한다. 자기 안에 파괴 불가능한 것이 있음을 믿으
면서, 동시에 그것에 도달하려 애쓰지 않는 것이다.

70. 71.

파괴 불가능한 것은 유일하다. 개개의 인간은 모두
이것[파괴 불가능한 것]이며, 이것[파괴 불가능한
것] 역시 모든 인간 안에 있다. 그렇기에 우리들은
끊을 수 없는 방식으로 서로 연결되어 있다.

72.

한 인간 안에도 같은 대상에 대한 완벽하게 다른 인
식들이 병존한다. 따라서 우리는 한 인간 안에 서로
다른 주체들이 있다는 결론을 내릴 수밖에 없다.

73.

그는 자신의 탁자에서 떨어진 부스러기를 주워 먹
는다. 이로써 그는 잠시 동안은 다른 이들보다 더
배부를 수 있지만, 탁자 위에서 먹는 법을 잊어버리
고 만다. 그리고 이로써 탁자에서 부스러기가 떨어
지는 일도 멈춘다.

74.

낙원에서 파괴되었다고 알려진 것이 어차피 파괴
가능한 것이었다면, 이는 결정적인 사건일 수 없다.
그러나 만일 파괴 불가능한 것이 파괴된 것이라면,
우리는 잘못된 믿음 속에서 살고 있는 것이다.

75.

스스로를 인류에 비추어 검증해 보라. 의심하는 자
는 의심을 얻고, 믿는 자는 믿음을 얻게 될 것이다.

76.

"여기서는 닻을 내릴 수 없다"는 느낌―그런데도
넘실대며 나를 감싸는 물결을 사방에서 느끼는 것!
–

남몰래, 무서워하고 희망하면서, 대답은 질문의 주
위를 맴돌고, 그 굳게 닫힌 얼굴 위를 찾아 헤매고,
심지어 질문의 뒤를 따라 가장 무의미한 길들, 즉
대답에서 최대한 먼 곳으로 향하는 길들을 간다.

77.

인간들과 교류하다 보면, 자기관찰이라는 덫에 빠
지는 법이다.

78.

의지할 곳이기를 멈추었을 때, 정신은 비로소 자유
로워진다.

79.

감각적 사랑은 우리를 속여서 천상적 사랑을 보지 못하게 한다. 스스로의 힘만으로는 그럴 수 있을 리 만무하나, 천상적 사랑의 요소를 무의식적으로 안에 갖추고 있기에, 그럴 수 있는 것이다.

80.

진리는 분리 불가능하며, 따라서 스스로를 인식할
수 없다. 그것을 인식하려는 자는 필연적으로 거짓
말이다.

81.

누구도 자기 자신에게 결국 해가 되는 일을 요구할
수 없다. 개인 하나를 두고 보면 그렇게 보일 수도
있지만—어쩌면 항상 그렇게 보일 수도 있지만—
이는 누군가 인간에게 요구하는 바가 자신에게는
득이 되지만, 이를 판단하기 위해 끌어들인 두 번째
누군가에게는 큰 해가 되는 경우를 보면 설명된다.
이 사람이 판단 단계에 이르러서야 두 번째 누군가
의 편에 서지 않고 아예 처음부터 그렇게 했다면,
첫 번째 누군가는 그 요구와 함께 사라졌을 것이다.

82.

왜 우리는 원죄를 두고 탄식하는가? 우리는 원죄
에 빠졌기 때문에 낙원에서 추방된 것이 아니라,
생명의 나무에서 열매를 따 먹지 못하도록 추방된
것이다.

83.

우리가 죄인인 이유는 선악과를 따 먹었기 때문만
이 아니라, 생명의 열매를 아직 따 먹지 못했기 때
문이기도 하다. 죄는 우리가 현재 머무르는 상태이
지, 잘못과는 무관하다.

84.

우리는 낙원에 살도록 창조되었다. 낙원의 운명은
우리를 섬기는 것이었다. 이제 우리에게 주어진 운
명은 바뀌었지만, 그와 함께 낙원의 운명도 바뀌었
다는 말은 없었다.

85.

악은 인간 의식의 특정한 전환점들에서 발산되는 것이다. 즉 감각적 세계가 가상이 아니라, 그 안의 악이 가상이다. 문제는 이 악이 우리 눈을 속이는 감각적 세계를 만들어낸다는 것이다.

86.

원죄에 의한 타락 이후로, 우리는 선과 악에 대해 본질적으로 동등한 인식능력을 가지고 있다. 그럼에도 불구하고 우리는 여기에서 우리만의 특별한 장점을 찾으려고 한다. 그러나 이 인식을 뛰어넘은 곳에서 비로소 진정한 차이들이 시작된다. 사실과 반대로 보이는 이유는 다음과 같다. 누구도 인식으로는 만족할 수 없으며, 따라서 인식에 행위를 일치시키기 위해 노력할 수밖에 없다. 하지만 그럴 만한 힘이 주어지지 않았기 때문에, 인간은 스스로를 파괴하는 수밖에 없다. 필요한 힘을 얻을 수 없을 때의 위험을 감수해야 하지만, 이 최후의 시도 외에 할 수 있는 일은 없는 것이다. (이것이 신이 선악과를 따 먹는 일을 금지할 때, 죽음으로 벌하리라 위협한 것의 의미이다. 어쩌면 이것이 자연적 죽음의 근원적 의미일 수도 있다.) 이제 이 최후의 시도를 놓고 인간은 두려움에 휩싸인다. 그는 차라리 선과 악에 대한 인식을 되돌리고 싶어 한다. ("원죄"라는 용어의 뿌리는 이 공포에 있다.) 하지만 이미 일어난 일은 되돌릴 수 없고, 단지 흐리게 만드는 것만이 가능하다. 이 목표를 위해서 동기들이 생성된다. 세계는 그런 동기들로 가득 차 있으며, 어쩌면 심지어 가시적 세계 전체가 단 한 순간이라도 쉬고 싶어 하는 인류의 동기에 지나지 않을지도 모른다. 인식이란 사실을 날조하려는 시도, 인식을 목적으로 만들려는 시도일지도 모르는 것이다.

87.

믿음은 단두대와 같은 것이어서, 너무도 무겁고, 너무도 가볍다.

88.

죽음이 우리 앞에 자리한 모양은, 마치 교실 벽에
알렉산더대왕의 전투 광경이 걸려 있는 것과 같다.
중요한 것은, 삶의 행위들을 통해서 저 그림을 어둡
게 만들거나, 나아가 아예 멸해버리는 일이다.

90.

두 가지 가능성: 스스로를 무한히 작게 만들거나,
무한히 작은 존재가 되는 것. 전자는 완성이므로 즉
행위하지 않음이고, 후자는 시작이므로, 행위이다.

91.

언어적 오류를 피하기 위해 말하자면: 행위를 통해
파괴되어야 하는 것은, 그 전에 매우 굳건하게 보존
된 것이어야만 한다. 부스러지는 것은 부스러질 뿐,
파괴될 수는 없다.

92.

최초의 우상숭배는 분명 사물에 대한 공포였다. 그러나 이는 사물의 필연성에 대한 공포였고, 또 책임에 대한 공포였다. 이 책임은 너무나 무지막지한 것으로 다가왔기 때문에, 사람들은 단 하나의 인간 외적 존재에게 이 책임을 지울 생각은 하지조차 못했다. 단지 하나의 존재라는 간접성으로는 인간의 책임이 충분히 경감될 수 없기 때문이며, 단 하나의 존재와의 교류는 여전히 너무도 큰 책임으로 얼룩질 것이기 때문이다. 그렇기에 사람들은 모든 사물에 사물 자신에 대한 책임을 맡겼으며, 나아가, 이 사물들에게 인간에 대한 상대적 책임마저 부여했다.

93.

심리학은 이것으로 마지막이다!

94.

삶을 시작하는 자의 두 가지 과제: 너 자신의 반경
을 계속해서 줄혀나가면서, 혹시 네가 이 반경을 벗
어난 곳에 숨어 지내고 있지는 않은지 반복해서 확
인하는 것.

95.

때로 악은 손에 들려 있는 공구와도 같다. 그 존재
를 알아채든 알아채지 못하든, 그럴 의지만 있다면
아무런 모순 없이 내려놓을 수 있다.

96.

이 삶의 기쁨이 **그의 것**이 아니라, 더 높은 삶으로
의 상승에 대한 **우리의** 두려움이 그의 것이다. 이
삶의 고통이 그의 것이 아니라, 두려움 때문에 스스
로 겪는 고통이 그의 것이다.

97.

오직 여기에서만 고통은 고통이다. 이는 여기에서 고통받는 이들이, 다른 곳에서 이 고통 덕분에 승격되리라는 말이 아니다. 오히려 이 세계에서 고통이라고 부르는 것은 다른 세계에서도 변함없을 것이나, 단지 그 반대로부터 자유로워졌기에, 행복이 될 것이다.

98.

우주가 무한히 넓고 또 충만하다는 생각은 힘겨운
창조와 자유로운 자기 성찰을 가장 극단적으로 혼
합한 결과물이다.

99.

지금 우리의 죄스러운 상태에 대한 가장 혹독한 신념보다도, 한때 우리의 유한성이 영원히 정당화된 적이 있었다는 가장 허약한 신념이 훨씬 더 무겁게 마음을 짓누른다. 후자의 신념이 아주 순수하여 전자를 완벽하게 포함할 수 있을 때만, 그 신념을 견디는 힘은 신앙의 척도가 될 수 있다.

-

어떤 자들은 짐짓 생각하기를, 최초의 거대한 속임수 말고도 자신만을 겨냥한 작고 특별한 속임수가 벌어지고 있다고 여긴다. 무대 위에서 연애극이 펼쳐질 때, 여배우가 연인을 향해 날리는 가짜 미소 말고도, 맨 뒷좌석에 앉은 그라는 관객만을 위한 특별하고 요염한 웃음이 있다고 생각하는 것이다. 이런 것을 지나친 생각이라고 한다.

100.

악마에 대한 지식은 있을 수 있으나, 믿음은 있을
수 없다. 실제 존재하는 것만큼의 악마적인 것이 있
을 뿐, 그 이상은 없기 때문이다.

101.

죄는 항상 열린 상태로 오기에, 감각들로 곧바로 붙
잡을 수 있다. 죄는 그 뿌리로 돌아가며, 뽑아낼 필
요가 없어진다.

102.

우리는 주위의 모든 고통도 똑같이 고통으로 느껴
야 한다. 우리는 몸만 가진 것이 아니라 성장도 하
는 존재이기에, 어떤 형태로든 모든 고통을 지나가
야 한다. 마치 어린아이가 삶의 모든 단계를 거치며
늙음과 죽음을 향해 발달해 나가듯이 (이전 단계에
서는 항상 그다음 단계가—원하던 두려워하든—
도달할 수 없는 것으로 보인다) 우리 또한 이 세계
의 모든 고통을 통과하며 발달해 나간다 (그리고
그 과정에서 우리 자신만이 아니라 인류 자체와 깊
이 연결되어 있다). 이런 맥락에서는 공정함도 없
고, 고통에 대한 두려움도 없으며, 고통을 정당한
대가로 해석할 여지도 없다.

103.

너는 세상의 고통에 닿지 않도록 스스로를 제지할
수 있다. 이는 너의 자유이며 네 본성에 맞는 일이
다. 하지만 어쩌면 이 제지가 네가 피할 수 있는 유
일한 고통일지도 모른다.

104.

인간에게는 세 종류의 자유의지가 있다. 첫째로, 인간은 처음 이 삶을 원했을 때, 자유로웠다. 물론 이제 와서 삶을 취소할 수는 없다. 더 이상 그는 최초에 삶을 원했던 자가 아니기 때문이다. 지금 살아가는 것으로 그때의 의지를 행한다는 점에서만 그렇다. 둘째로, 인간은 이 삶의 길, 그리고 걸음걸이를 선택할 자유가 있다. 셋째로, 인간은—언젠가 다시한번 그가 될 것이므로—모든 조건하에서 삶을 통과할 의지를 가진다는 점에서 자유롭다. 이처럼 삶이 오도록 내버려둠에 있어서 그는 길을 선택할 수는 있지만, 그 길은 너무도 복잡한 미로이기에, 삶의 모든 부분을 밟고 지나가야 한다. 이것이 자유의지의 세 가지 측면이다. 하지만 동시에 이 셋은 하나이며, 완벽하게 동일하기 때문에, 자유의지에도,

비자유의지에도, 어떤 공간도 내어주지 않는다.

105.

이 세계의 유혹 수단과, 이 세계가 그저 통과점에 불과함을 보증하는 징표는 동일하다. 물론 세계는 이런 방식으로만 우리를 유혹하는 동시에 진리에 합치시킬 수 있다. 끔찍한 것은, 우리가 유혹에 빠지고 나면 보증을 망각한다는 점, 그리하여 사실은 선이 우리를 악의 속으로, 여자의 눈빛이 우리를 그녀의 침대로 끌어들였다는 점이다.

106.

겸허함은 누구나, 심지어 홀로 절망에 빠진 이라도, 타인과 아주 강한 관계를 맺도록 해준다. 완전하고 지속적인 겸허함이라면, 그 효과는 즉각적이다. 겸허함은 진정한 기도의 언어이기에 이런 힘을 지니며, 또 숭배인 동시에 깊은 연결이 될 수 있는 것이다. 우리가 타인과 맺는 관계는 기도의 관계와 같으며, 자기 자신과의 관계는 추구의 관계와 같다. 우리는 기도를 통해서 추구할 수 있는 힘을 얻는다.

-

너는 속임수 말고 할 줄 아는 것이 있는가? 속임수가 제거된 다음에는 그쪽을 쳐다보지 말라. 소금 기둥이 되어버릴 것이다.

107.

모두들 A를 매우 친절하게 대한다. 이는 마치 매우 훌륭한 당구대를 가진 사람이 뛰어난 당구선수에게도 이를 좀처럼 내어주지 않고, 위대한 선수를 위해 아끼는 것과 같다. 비로소 나타난 위대한 당구선수는, 당구대를 정밀하게 검사하고, 이전에 생긴 결함을 조금도 용서하지 않지만, 정작 자신이 당구를 치기 시작하면, 가장 험악한 방식으로 당구대를 마구 다루는 것이다.

108.

"그러고 나서 그는 아무 일 없었다는 듯이 일터로 돌아갔다." 이 구절은 너무도 많은 옛날이야기에서 들어 익히 아는 것이지만, 사실 어쩌면 어떤 이야기에도 등장하지 않는지도 모른다.

109.

"우리에게 믿음이 없다고는 할 수 없습니다. 있는 그대로의 삶에 담긴 믿음의 가치만으로도 무한하니까요."

"믿음의 가치가 있다니? 어찌 됐든 살지 않을 수는 없는 것인데, 그 안에 무슨 의미가 있는가?"

"바로 그 '어찌 됐든 하지 않을 수 없음'에 엄청난 믿음의 힘이 들어 있는 겁니다. 이렇게 부정되는 가운데 믿음은 비로소 힘을 얻습니다."

-

집에서 나갈 필요도 없다. 책상에 남아서 그저 귀를 기울여라. 귀를 기울이지도 말고, 그저 기다려라. 기다리지도 말고, 완벽한 침묵 속에 혼자 있으라. 세계는 스스로 가면을 벗겨달라고 찾아올 것이다. 세계는 그럴 수밖에 없으니, 기쁨에 가득 차서

네 앞에서 몸을 비틀 것이다.

위로 없는 행복의 기록

1917년 8월 11일 새벽, 카프카의 삶은 운명적인 변화를 맞는다. 처음으로 큰 각혈을 겪은 것이다. 우려대로, 진단 결과는 폐결핵이었다. 당시 결핵은 치료가 불가능한 중병이었으므로, 그는 일종의 시한부 선고를 받은 셈이었다. 하지만 카프카는 결핵 확진을 일종의 자유로 받아들였다. 작가와 회사원이라는 상반된 삶 사이에서, 자유와 (펠리체 바우어와의) 결혼 사이에서, 아버지와 자신 사이를 오가며 끝없이 악화되어 가던 내적 갈등에 마무리를 지을 수 있는 기회가 왔다고 본 것이다. 원했던 은퇴 대신 몇 달의 병가를 얻은 34세의 카프카는 가장 아끼는 여동생 오틀라가 있는 곳에서 심신의 안정을 취하기로 결정한다. 오틀라는 프라하 서쪽의 시골 취라우Zürau(이 동네는 오늘날 체코어 지명 시르젬Siřem으로 불린다)에서 작은 농

113

장을 가꾸고 있었다. 처음에는 잠시만 머무르려는 계획으로 작은 가방 하나만 들고 왔던 카프카는 결국 이곳에서 8개월이나 보내게 된다.

나중에 카프카는 취라우에서 보낸 이 시절을 가장 행복했던 시간으로 회상한다. 행복? 결핵 진단을 받고서야 얻은 행복은 어떤 것일까. '위로 없음'을 '선함'이라고 느끼는 시간은 어떤 휴식이었을까.

취라우에 처음 도착한 날의 일기를 보면 지금까지의 삶을 등지고 자유로워진 카프카의 심정을 체감할 수 있다.

[1917년] 9월 15일. 너는 새롭게 시작할 수 있는 기회를 얻었다. 얼마나 갈지 모르는 이 기회를 낭비하지 마라. 내면으로 진입하고 싶다면, 네 안에서 쏟아져 나오는 오물을 피할 수는 없을 것이다. 그러나 오

물 위에서 편안히 뒹굴 생각은 하지 마라. 너의 주장처럼, 폐병은 상처에 대한 하나의 비유에 불과할지도 모른다. 그 말이 맞다면―폐병이 F[펠리체]라는 고름과 [네 삶의] 정당화라는 심연을 품은 상처에 대한 비유라면―의사들이 내린 처방(밝은 곳, 신선한 공기, 햇빛, 휴식) 역시 비유다. 이 비유에 손을 대어보라.

아, 아름다운 시간이다. 대가의 기분이 되어, 마당에 무성한 풀을 본다. 대문가에서 모퉁이를 돌아 마당으로 향하면, 행복의 여신이 너의 품으로 달려온다.

마을 광장, 밤에 몸을 내어주다. 작은 것들의 지혜. 짐승들이 다스리는 세상. 여자들. 아주 당연하다는 듯이 광장을 가로질러 걷는 소 떼. 내 소파는 들판 위에 놓여 있다.

병이라는 보호막 안에서, 카프카는 생전 처음으로 평온한 휴식의 시간을 얻는다. 마당에 내어놓은 소파에 누워 노곤한 햇빛을 받으며, 키르케고르를 읽기도 하고, 작은 노트 몇 권에 연필로 빼곡하게 글을 적어 넣는다. 끝없는 평야를 지칠 때까지 걷기도 하고, 마을의 감자 추수를 돕기도 한다. 마치 새롭게 시작하려는 듯, 지금까지의 일기장들을 모두 치워버리기도 한다. 그토록 그를 괴롭히던 사람들이 사라지고, 짐승과 자연이 원초적 생명력을 나누어 주는 곳에서 쉼이 허락된 것이다. 정원으로 걸어가는 카프카는 전원의 햇살에 눈이 부셨을 것이다. 그에게 달려오는 여동생과 행복의 여신이 겹쳐 보일 정도로 마음이 열렸을 것이다.

하지만 카프카는 이런 식으로 치유되기에는 너무도 섬세한 정신이었던 듯하다. 아니면 그가 살았던 시대를 둘러쌌던 전쟁과 광기가 아예 치유될 수 없는 종류의 것이었을 수도 있다. 일기의 첫 문단에서 알 수 있듯, 그는 내면의 더러움, 상처, 심연과 대결하고자 하는 결심을 세워놓고 있었다. 그리하여 이때 쓰인 글들은, 카프카가 다른 어떤 시기에도 보여주지 않은 이질적인 문체와 성격을 가지고 있다. 취라우에서 카프카는 철학이나 신학의 영역에 속하는 질문들, 죄와 타락, 낙원에서의 추방, '파괴될 수 없는 것'과 같은 것에 대한 사유를 전개한다. 개념적이면서도 은유적이고, 우화적인 동시에 모순적인 텍스트, 현대문학에서 가장 특이한 작품 중 하나인 《취라우 파편집》이 탄생한 것이다.

이 텍스트는 작업 과정 역시 매우 특이했다. 카프카는 얇은 편지 용지를 네 조각으로 잘라서 쪽지를 한 묶음 만든 다음에, 109번까지의 번호를 할당하고 단상을 하나씩 적어 넣었다. 더러 빠진 번호도 있고, 두 개의 번호를 단 쪽지도 있는 등의 허술함으로 보아, 이 모든 것은 순수하게 개인적인 작업이었던 것으로 보인다. 취라우를 떠난 이후에 몇 개의 단상을 추가하기도 하고, 원래 있던 텍스트에 줄을 그어 삭제하기도 했지만, 취라우에서 얻은 이 생각들을 (또는 그와 연관된 추억을) 잊고 싶지 않았던 듯, 카프카는 모든 쪽지를 원형 그대로 보존했다. 이 쪽지 묶음은 일종의 비밀 프로젝트였을 것이다. 카프카는 생전에 이 단상들을 누구에게도 보여주지 않았고, 출판하려고 하지도 않았다. 《취라우 아포리즘Zürauer Aphorismen》 같은 제목은 후대에 붙여진 것이다. 실은 아포리즘이나 단상 등 기존의 어떤 분류도 잘 들어맞지 않는다.

오늘날 이 파편집을 읽는 독자는, 니체 같은 철학자가 남긴 아포리즘의 정돈된 친절함이 아닌 당혹감을 먼저 느낄 것이다. 이미지와 개념적 사유의 영역을 자유롭게 넘나드는 이 글들은 손쉬운 해석을 거부한다. 새로운 시작이자 불완전한 치유였던 날들의 기록이며,

위로 없는 날들의 어두운 행복이 내어준 생각이기 때문일 것이다. 취라우의 나날들에서 기록된 이 사유는 그렇기에 자유롭다. 카프카 자신의 말을 빌리자면 — "의지할 곳이기를 멈추었을 때, 정신은 비로소 자유로워진다".

카프카 타계 100주년에 맞추어, 이 작은 책을 낼 수 있게 되어 감사한 마음이다.

2024년 독일에서

박술

카프카 파편집
위로 없는 날들

초판 1쇄 발행   2024년 7월 3일

지은이   프란츠 카프카
옮긴이   박술
편집   김준섭 최은지 이해임
디자인   박서우
인쇄   영신사

펴낸곳   인다
펴낸이   김현우
등록   제2017-000046호. 2015년 3월 11일
주소   (04035) 서울시 마포구 양화로11길 68, 2층
전화   02-6494-2001
팩스   0303-3442-0305
홈페이지   itta.co.kr
이메일   itta@itta.co.kr

ISBN   979-11-93240-73-1 03850